Die swartman

Die swartman

ALDIVAN TORRES

Emily Cravalho

Canary Of Joy

CONTENTS

1 | 1

"Die swartman"
Aldivan Torres
Emily Andrade Cravalho
Die swartman

Deur: Aldivan Torres
Emily Andrade Cravalho
2020-Emily Andrade Cravalho
Alle regte voorbehou
Reeks: Die verdraaide susters

Hierdie boek, insluitend al sy dele, is kopiereg beskerm en kan nie sonder die toestemming van die outeur gereproduseer word nie, herverkoop of oorgedra word.

Aldivan Torres, gebore in Brasilië, is 'n literêre kunstenaar. Beloftes met sy geskrifte om die publiek te verheug en hom na die genot van plesier te lei. Na alles, seks is een van die beste dinge wat daar is.

Toewyding en dankie

Ek wy hierdie erotiese reeks aan alle seks liefhebbers en pervert soos ek. Ek hoop om aan die verwagtinge van alle kranksinnige gedagtes te voldoen. Ek begin hierdie werk hier met die oortuiging dat Amelinha, Belinha en hul vriende geskiedenis sal maak. Sonder verdere ad, 'n warm drukkie vir my lesers.

Goeie leeswerk en baie pret.

Met liefde, die skrywer.

Voorlegging

Amelinha en Belinha is twee susters wat in die binnekant van Pernambuco gebore en opgewek word. Dogters van boerdery vaders het vroeg geweet hoe om die hewige probleme van die land se lewe met 'n glimlag op hul gesig te sien. Hiermee het hulle hul persoonlike veroweringe bereik. Die eerste is 'n openbare finansies ouditeur en die ander, minder intelligent, is 'n munisipale onderwyser van basiese onderwys in Arcoverde.

Alhoewel hulle professioneel gelukkig is, het die twee 'n ernstige chroniese probleem met betrekking tot verhoudings omdat hulle nooit hul Prins-sjarme gevind het nie, wat elke vrou se droom is. Die oudste, Belinha, het 'n rukkie saam met 'n man gekom. Dit is egter verraai wat in sy klein hart onherstelbare traumas gegeneer het. Sy is gedwing om maniere te deel en haarself belowe om nooit weer te ly as gevolg van 'n man nie. Amelinha, arme ding, sy kan nie eens onsself verloof word nie. Wie wil met Amelinha trou? Sy is 'n vurige donkerkop, skraal, medium hoogte, heuning kleurige oë, medium boude, borste soos waatlemoen, bors wat buite 'n boeiende glimlag gedefinieer word. Niemand weet wat haar werklike probleem is nie, of eerder albei nie.

Met betrekking tot hul interpersoonlike verhouding, is hulle baie naby aan die deel van geheime tussen hulle. Aangesien Belinha deur 'n skelm verraai is, het Amelinha die pyn van haar suster geneem en ook met mans gespeel. Die twee het 'n dinamiese duo bekend geword as die "verdraaide susters". Desondanks is mans daarvan om hul speelgoed te wees. Dit is omdat daar niks beter is as om Belinha en Amelinha selfs vir 'n oomblik lief te hê nie. Sal ons hul stories saam leer ken?

Die swartman

Amelinha en Belinha sowel as groot professionele persone en liefhebbers is pragtige en ryk vroue wat in sosiale netwerke geïntegreer is. Benewens die geslag self, probeer hulle ook om vriende te maak.

DIE SWARTMAN

Een keer het 'n man die virtuele klets ingeskryf. Sy bynaam was "swart man". Op hierdie oomblik het sy gou gebewe omdat sy swart mans liefgehad het. Legende het dit dat hulle 'n onbetwiste sjarme het.

-Hallo pragtig! - Jy het die geseënde swartman genoem.

- Hallo, alles reg? - Beantwoord Belinha.

- Al is groot. Mag jy 'n lekker aand hê!

-Goeie nag. Ek is lief vir swart mense!

- Dit het my nou diep aangeraak! Maar is daar 'n spesiale rede hiervoor? Wat is jou naam?

- Wel, die rede hiervoor is my suster en ek hou van mans, as jy weet wat ek bedoel. Wat die naam betref, al is dit 'n baie privaat omgewing, het ek niks om weg te steek nie. My naam is Belinha. Bly te kenne.

-Dis 'n groot plesier. My naam is Flavius, en ek is baie lekker!

- Ek het in sy woorde ferm gevoel. Jy bedoel my intuïsie is reg?

- Ek kan dit nie nou antwoord nie, want dit sal die hele raaisel beëindig. Wat is jou suster se naam?

- Haar naam is AMELINHA.

- AMELINHA! Pragtige naam! Kan jy jouself fisies beskryf?

- Ek is blonde, lang, sterk, lang hare, groot boude, medium borste, En ek het 'n beeldhou kundige liggaam. En jy?

- Swart kleur, een meter en tagtig sentimeter hoë, sterk, gevlekte, arms en bene dik, netjies, gesing hare en gedefinieerde gesigte.

- Jy maak my opgewonde!

- Moenie daaroor bekommerd wees nie. Wie weet my, vergeet nooit.

- Jy wil my nou mal maak?

-Jammer daaroor, baba! Dit is net om 'n bietjie sjarme by ons gesprek te voeg.

-Hoe oud is jy?

- Vyf en twintig jaar en joune?

- Ek is agt en dertig jaar oud en my suster vier en dertig. Ten spyte van die ouderdomsverskil, is ons baie naby. In die kinderjare het ons verenig om probleme te oorkom. Toe ons tieners was, het ons ons drome gedeel.

En nou, in volwassenheid, deel ons ons prestasies en frustrasies. Ek kan nie sonder haar lewe nie.

- Groot! Hierdie gevoel van joune is baie mooi. Ek kry die drang om jou albei te ontmoet. Is sy so stout soos jy?

- Op 'n goeie manier is sy die beste by wat sy doen. Baie slim, mooi en beleefd. My voordeel is dat ek slimmer is.

- Maar ek sien nie 'n probleem hierin nie. Ek hou van albei.

- Hou jy regtig daarvan? Jy weet, Amelinha is 'n spesiale vrou. Nie omdat sy my suster is nie, maar omdat sy 'n reuse hart het. Ek voel 'n bietjie jammer vir haar omdat sy nooit 'n bruidegom het nie. Ek weet haar droom is om te trou. Sy het my by 'n opstand aangesluit omdat ek deur my metgesel verraai is. Sedertdien soek ons net vinnige verhoudings.

- Ek verstaan heeltemal. Ek is ook 'n pervert. Ek het egter geen spesiale rede nie. Ek wil net my jeug geniet. Jy lyk soos groot mense.

-Baie dankie. Is jy regtig van Arcoverde?

- Ja, ek is van die sentrum. En jy?

- Van die San Cristóbal-omgewing.

- Groot. Bly jy alleen?

- Ja. Naby die bulstasie.

- Kan jy vandag 'n besoek van 'n man kry?

- Ons wil graag hê. Maar jy moet albei hanteer. Goed?

- Moenie bekommerd wees nie, liefde. Ek kan tot drie hanteer.

- Ag, ja! Dit is waar!

- Ek sal daar wees. Kan jy die ligging verduidelik?

- Ja. Dit sal my plesier wees.

- Ek weet waar dit is. Ek kom daar op!

Die swartman het ook die kamer verlaat en Belinha ook. Sy het daarvan voordeel getrek en na die kombuis verskuif waar sy haar suster ontmoet het. Amelinha was die vuil skottelgoed vir aandete.

- Goeie nag vir jou, Amelinha. Jy sal nie glo nie. Raai wie gaan oorkom?

- Ek het geen idee nie, suster. Wie?

- Die Flavius. Ek het hom in die virtuele klets kamer ontmoet. Hy sal vandag ons vermaak wees.

-Hoe lyk hy?

- Dit is swart man. Het jy ooit opgehou en dink dat dit lekker kan wees? Die arme man weet nie wat ons in staat is nie!

- Dit is regtig, suster! Kom ons maak hom af.- Hy sal val, met my! - Sê Belinha.

-Geen! Dit sal by my wees - antwoord Amelinha.

- Een ding is seker: met een van ons sal hy val-Belinha het afgesluit.

-Dit is waar! Hoe gaan dit met ons alles reg in die slaapkamer?

-Goeie idee. Ek sal jou help!

Die twee onversadigbare poppe het na die kamer gegaan wat alles vir die aankoms van die mannetjie georganiseer het. Sodra hulle klaar is, hoor hulle die klokkie.

- Is dit hom, suster? - Gevra Amelinha.

- Kom ons kyk dit saam! - Hy het Belinha genooi.

- Kom op! Amelinha het ingestem.

Stap vir stap het die twee vroue die slaapkamerdeur geslaag, die eetkamer geslaag en dan in die sitkamer aangekom. Hulle het na die deur geloop. Wanneer hulle dit oopmaak, ontmoet hulle Flavius se sjarme en manlike glimlag.

-Goeie nag! Goed so? Ek is die Flavius.

-Goeie nag. Jy is mees welkom. Ek is Belinha wat met jou op die rekenaar gepraat het en hierdie lieflike meisie langs my is my suster.

- Mooi om jou te ontmoet, Flavius! - Amelinha het gesê.

-Aangename kennis. Kan ek in kom?

- seker! - Die twee vroue het gelyktydig beantwoord.

Die Hingste het toegang tot die kamer gehad deur elke detail van die dekor te waarneem. Wat het in daardie kokende verstand aangaan? Hy is veral deur elkeen van die vroulike monsters aangeraak. Na 'n kort oomblik, Hy het diep in die oë van die twee hoere gekyk en gesê:

- Is jy gereed vir wat ek gekom het om te doen?

- Beperk die geliefdes gereed!

Die trio het hard gestop en 'n lang pad na die groter kamer van die huis geloop. Deur die deur toe te maak, was hulle seker die hemel sal in 'n kwessie van sekondes na die hel toe gaan. Alles was perfek: die rangskikking van die handdoeke, die seks speelgoed, die Pornofilm wat op die plafon televisie speel en die romantiese musiek lewendige. Niks kan die plesier van 'n goeie aand wegneem nie.

Die eerste stap is om by die bed te sit. Die swartman het sy klere van die twee vroue begin afneem. Hul begeerte en dors vir seks was so groot dat hulle 'n bietjie angs in daardie lieflike dames veroorsaak het. Hy het sy hemp afgetrek wat die toraks en buik het wat goed uitgewerk is deur die daaglikse oefensessie by die gimnasium. Jou gemiddelde hare regoor hierdie streek het sug van die meisies getrek. Daarna het hy sy broek afgeneem wat die siening van sy boks onderklere het, gevolglik sy volume en manlikheid toon. Op hierdie oomblik het hy toegelaat dat hulle die orrel aanraak, wat dit meer regop maak. Met geen geheime het hy sy onderklere weggegooi om alles wat God aan hom gegee het, te wys nie.

Hy was twee en twintig sentimeter lank, veertien sentimeter in deursnee genoeg om hulle mal te maak. Sonder om tyd te mors, het hulle op hom geval. Hulle het met die voorspel begin. Terwyl 'n mens haar haan in haar mond ingesluk het, die ander lek die skrotum se sterte. In hierdie operasie, Dit is drie minute. Lank genoeg om heeltemal gereed te wees vir seks.

Toe het hy begin met die penetrasie in een en dan in die ander sonder voorkeur. Die gereelde pas van die skutte het gekrul, skreeu en verskeie orgasmes na die Wet. Dit was dertig minute vaginale seks. Elke een helfte van die tyd. Toe het hulle afgesluit met mondelinge en anale seks.

Die vuur

Dit was 'n koue, donker en reënerige nag in die hoofstad van al die Binnehuis van Pernambuco. Daar was oomblikke toe die voorwinde 100 kilometer per uur bereik het wat die arme susters Amelinha en Belinha skrik. Die twee verdraaide susters het in die woonkamer van hul eenvoudige verblyf in die Heilige Christopher-omgewing ontmoet. Met niks om te doen nie, het hulle gelukkig oor algemene dinge gepraat.

DIE SWARTMAN

- AMELINHA, hoe was jou dag by die plaas kantoor?
- Dieselfde ou ding: Ek het die belasting beplanning van die belasting- en doeane-administrasie georganiseer, die betaling van belasting behaal, in die voorkoming en gevegte van belastingontduiking gewerk. Dit is harde werk en vervelig. Maar lonend en goed betaal. En jy? Hoe was jou roetine in die skool? - Gevra Amelinha.
- In die klas het ek die inhoud geslaag om die studente op die beste moontlike manier te lei. Ek het die foute reggestel en twee selfone van studente wat die klas versteur het, geneem. Ek het ook klasse in gedrag, postuur, dinamika en nuttige advies gegee. In elk geval, behalwe om 'n onderwyser te wees, is ek hul Ma. Bewys hiervan is dat, By onderbreking het ek die klas van studente geïnfiltreer en saam met hulle het ons. Na my mening is die skool ons tweede huis en ons moet die vriendskappe en menslike verbindings wat ons daaruit het, omsien. Belinha het geantwoord.
- Briljant, my klein suster. Ons werke is wonderlik omdat hulle belangrike emosionele en interaksie-konstruksies tussen mense bied. Geen mens kan in isolasie leef nie, laat staan sonder sielkundige en finansiële hulpbronne - geanaliseer Amelinha.
- Ek stem saam. Werk is noodsaaklik vir ons, aangesien dit ons onafhanklik maak van die heersende seksistiese ryk in ons samelewing, het Belinha gesê.
- Presies. Ons sal voortgaan in ons waardes en houdings. Die mens is net goed in Bed-Amelinha waargeneem.
- Praat van mans, wat het jy van Christien gedink? - Belinha gevra.
- Hy het aan my verwagtinge geleef. Na so 'n ervaring, vra my instinkte en my gedagtes altyd vir meer genereer interne ontevredenheid. Wat is jou mening? - Gevra Amelinha.
- Dit was goed, maar ek voel ook soos jy: onvolledig. Ek is droog van liefde en seks. Ek wil meer en meer hê. Wat het ons vandag? - Sê Belinha.
- Ek is uit idees. Die nag is koud, donker en donker. Hoor jy die geraas buite? Daar is baie reën, sterk winde, weerlig en donderweer. Ek is bang! - Het Amelinha gesê.

-Ek ook! - Belinha bely.

Op hierdie oomblik, 'N Donderende donderweer word in Arcoverde gehoor. Amelinha spring in die skoot van Belinha wat van pyn en wanhoop skree. Terselfdertyd ontbreek elektrisiteit, wat hulle albei desperaat maak.

- Wat nou? Wat sal ons Belinha doen? - Gevra Amelinha.

- Kom uit my, teef! Ek sal die kerse kry! - Sê Belinha. Belinha het haar suster saggies aan die kant van die rusbank gedruk terwyl sy die mure gekry het om by die kombuis te kom. Aangesien die huis relatief klein is, neem dit nie lank om hierdie operasie te voltooi nie. Met die gebruik van takt, neem hy die kerse in die kas en lig hulle met die wedstryde wat strategies op die stoof geplaas is.

Met die beligting van die kers kom sy rustig terug na die kamer waar hy aan sy suster ontmoet met 'n geheimsinnige glimlag wat op sy gesig wyd oop is. Waaraan was sy?

- Jy kan uitlaat, suster! Ek weet jy dink iets - het Belinha gesê.

- Wat as ons die Stad Brandweer -waarskuwing van 'n vuur genoem het? Het Amelinha gesê.

- Laat ek dit reguit kry. Jy wil 'n fiktiewe vuur uitvind om hierdie mans te lok? Wat as ons in hegtenis geneem word? - Belinha was bang.

-My kollega! Ek is seker hulle sal die verrassing liefhê. Wat moet hulle beter doen op 'n donker en dowwe aand soos hierdie? - Het Amelinha gesê.

-Jy is reg. Hulle sal jou bedank vir die pret. Ons sal die vuur breek wat ons van binne af verteer. Nou, Die vraag kom: Wie sal die moed hê om hulle te bel? - Gevra Belinha.

- Ek is baie skaam. Ek verlaat hierdie taak aan jou, my suster - het Amelinha gesê.

- Altyd my. Goed. Wat ook al gebeur, gebeur-Belinha is afgesluit.

Staan op van die rusbank, Belinha gaan na die tafel in die hoek waar die selfoon geïnstalleer is. Sy noem die brandweer se noodnommer en wag om beantwoord te word. Na 'n paar aanraking hoor hy 'n diep, stewige stem wat van die ander kant praat.

-Goeie nag. Dit is die brandweer. Wat wil jy hê?

- My naam is Belinha. Ek woon in die Heilige Christopher-omgewing hier in Arcoverde. My suster en ek is desperaat met al hierdie reën. Toe elektrisiteit hier in ons huis uitgegaan het, het 'n kortsluiting veroorsaak, wat die voorwerpe aan die brand gesteek het. Gelukkig het my suster en ek uitgegaan. Die vuur verteer die huis stadig. Ons het die hulp van die brandweermanne nodig, het die meisie ontsteld.

- Neem dit maklik, my vriend. Ons sal binnekort daar wees. Kan u gedetailleerde inligting oor u ligging gee? - het die brandweerman aan diens gevra.

- My huis is presies op Sentrale laan, derde huis aan die regterkant. Is dit goed met julle ouens?

- Ek weet waar dit is. Ons sal binne 'n paar minute daar wees. Wees kalm, het die brandweerman gesê.

-Ons wag. Dankie! - Dankie Belinha.

Terugkeer na die rusbank met 'n wye grint, Die twee van hulle het hul kussings verlaat en gesnuif met die pret wat hulle gedoen het. Dit word egter nie aanbeveel om te doen nie, tensy hulle twee hoere soos hulle was.

Ongeveer tien minute later het hulle 'n klop aan die deur gehoor en gaan om dit te beantwoord. Toe hulle die deur oopmaak, het hulle drie magiese gesigte gekonfronteer, elk met sy kenmerkende skoonheid. Een was swart, ses voet lank, bene en arms medium. 'N Ander was donker, een meter en negentig, gespierd en beeldhouwerk. 'N Derde was wit, kort, dun, maar baie lief. Die wit seun wil homself voorstel:

- Hi., dames, goeie nag! My naam is Roberto. Hierdie man langsaan word Matthew en die Brown Man, Philip genoem. Wat is jou name en waar is die vuur?

- Ek is Belinha, ek het op die telefoon met jou gepraat. Hierdie donkerkop hier is my suster Amelinha. Kom in en ek sal dit aan jou verduidelik.

- Goed - hulle het terselfdertyd in die drie brandweermanne geneem.

Die Kwintet het die huis binnegekom en alles lyk normaal omdat die elektrisiteit teruggekeer het. Hulle vestig op die bank in die sitkamer saam met die meisies. Verdagte, hulle maak gesprek.

- Die vuur is verby, is dit? - Matthew het gevra.

- Ja. Ons beheer dit reeds dankie aan 'n groot poging - verduidelik Amelinha.

- Jammer! Ek wil werk. Daar by die kaserne is die roetine so eentonig - het Felipe gesê.

-Ek het 'n idee. Hoe gaan dit om op 'n meer aangename manier te werk?- Belinha het voorgestel.

- Jy bedoel dat jy is wat ek dink? - bevraagteken Felipe.

- Ja. Ons is enkel vroue wat lief is vir plesier. In die bui vir die pret? - Gevra Belinha.

- Slegs as jy nou gaan - beantwoord swart man.

- Ek is ook in die bruin man.

- Wag vir my - die wit seun is beskikbaar.

- So, laat die meisies gesê word.

Die Kwintet het die kamer ingeskryf om 'n dubbelbed te deel. Toe begin die seks orgie. Belinha en Amelinha het beurte geneem om die plesier van die drie brandweermanne by te woon. Alles was magies en daar was geen beter gevoel as om by hulle te wees nie. Met gevarieerde geskenke het hulle seksuele en posisionele variasies ervaar wat 'n perfekte prentjie geskep het.

Die meisies was onversadigbaar in hul seksuele ywer wat die profesionele persone gekry het. Hulle het deur die nag gegaan om seks te hê en die plesier het nooit gelyk nie. Hulle het nie verlaat totdat hulle 'n dringende oproep van die werk het nie. Hulle het opgehou en gaan om die polisieverslag te beantwoord. Tog sal hulle nooit die wonderlike ervaring langs die "verdraaide susters" vergeet nie.

Mediese konsultasie

Dit het op die pragtige buitelandse kapitaal aangebreek. Gewoonlik het die twee verdraaide susters vroeg wakker geword. Maar toe hulle opgestaan het, het hulle nie goed gevoel nie. Terwyl Amelinha nies hou, het haar suster Belinha 'n bietjie versmoor. Hierdie feite het waarskynlik van die vorige nag in die Virginia War Square gekom waar hulle gedrink het, Sit op die mond en snuif harmonieus in die rustige nag.

Terwyl hulle nie goed voel nie en sonder krag vir enigiets, het hulle op die rusbank gesit wat godsdienstig dink oor wat om te doen omdat professionele verpligtinge gewag het om opgelos te word.

- Wat doen ons, suster? Ek is heeltemal uit asem en uitgeput - het Belinha gesê.

- Vertel my daarvan! Ek het 'n kopseer en ek begin om 'n virus te kry. Ons is verlore! - Het Amelinha gesê.

- Maar ek dink nie dit is 'n rede om werk te mis nie! Mense is afhanklik van ons! - het Belinha gesê

- Kalmeer, laat ons nie paniekerig raak nie! Hoe gaan dit met ons aansluit? - Voorgestelde Amelinha.

- Moenie vir my sê jy dink wat ek dink nie .... - Belinha was verbaas.

- Dit is reg. Kom ons gaan saam na die dokter! Dit sal 'n goeie rede wees om werk te mis en wie weet nie gebeur wat ons wil hê nie! - het Amelinha gesê

- Groot idee! So, waarvoor wag ons? Kom ons maak gereed! - Gevra Belinha.

- Kom op! - AMELINHA het ingestem.

Die twee het na hul onderskeie kampe gegaan. Hulle was so opgewonde oor die besluit; Hulle het nie eens siek geword nie. Was dit alles net hul uitvinding? Vergewe my, leser, laat ons nie sleg van ons liewe vriende dink nie. In plaas daarvan sal ons hulle vergesel in hierdie opwindende nuwe hoofstuk van hul lewens.

In die slaapkamer het hulle in hul suites gebad, nuwe klere en skoene geplaas, het hul lang hare gekam, 'n Franse parfuum geplaas en toe na die kombuis gegaan. Daar het hulle eiers en kaas gebreek wat twee brode gevul het en met 'n verkoelde sap geëet het. Alles was baie lekker. Tog het hulle dit nie gelyk of die angs en senuweeagtigheid voor die dokter se aanstelling reusagtig was nie.

Met alles reg, het hulle die kombuis verlaat om die huis te verlaat. Met elke stap wat hulle geneem het, het hul klein harte met emosie gedink in 'n heeltemal nuwe ervaring. Geseënd is hulle almal! Optimisme het hulle vasgehou en was iets wat deur ander gevolg moes word!

Aan die buitekant van die huis gaan hulle na die motorhuis. Die deur oopmaak in twee pogings, staan hulle voor die beskeie rooi motor. Ten spyte van hul goeie smaak in motors, het hulle die gewilde mense vir die klassieke verkies om vrees vir die algemene geweld in bykans alle Brasiliaanse streke.

Sonder vertraging betree die meisies die motor wat die uitgang liggies gee en dan sluit een van hulle die motorhuis om onmiddellik na die motor terug te keer. Wie dryf is Amelinha met ervaring reeds tien jaar. Belinha is nog nie toegelaat om te bestuur nie.

Die baie kort roete tussen hul huis en die hospitaal word met veiligheid, harmonie en rustigheid gedoen. Op daardie oomblik het hulle die vals gevoel gehad dat hulle enigiets kon doen. Teenstrydig was hulle bang vir sy slinkse en vryheid. Hulle self was verbaas oor die optrede wat geneem is. Dit was nie vir iets minder dat hulle Slegterige goeie basters genoem is nie!

By die hospitaal aankom, het hulle die afspraak geskeduleer en gewag om geroep te word. In hierdie tydsinterval het hulle voordeel getrek om 'n peuselhappies te maak en boodskappe uit te ruil deur die mobiele aansoek met hul beste seksuele bediendes. Meer sinies en vrolik as hierdie, dit was onmoontlik om te wees!

Na 'n rukkie is dit hul beurt om gesien te word. Onafskeidbaar, hulle betree die CARE-kantoor. Wanneer dit gebeur, het dokter amper 'n hartaanval. Voor hulle was 'n seldsame stuk van 'n man: 'n lang blonde, een meter en negentig sentimeter lank, baar, hare wat 'n poniestert, spier wapens en borste vorm, natuurlike gesigte met 'n engelagtige voorkoms. Selfs voordat hulle 'n reaksie kon opstel, nooi hy uit:

- Sit, albei van julle!
- Dankie! - Hulle het albei gesê.

DIE SWARTMAN

Die twee het tyd om 'n vinnige analise van die omgewing te maak: voor die dientafel, die dokter, die stoel waarin hy gesit en agter 'n kas sit. Aan die regterkant, 'n bed. Op die muur, ekspressionistiese skilderye deur skrywer Cândido Portinari wat die man van die platteland uitbeeld. Die atmosfeer is baie knus om die meisies op sy gemak te verlaat. Die atmosfeer van ontspanning word deur die formele aspek van die konsultasie gebreek.

- Sê vir my wat jy voel, meisies!

Dit het informeel aan die meisies geklink. Hoe soet was daardie blonde man! Dit moes lekker wees om te eet.- Hoofpyn, onverskilligheid en virus! - het aan Amelinha gesê.

- Ek is asemloos en moeg! - Hy het Belinha beweer.

- Dit is goed! Laat ek kyk! Lê op die bed! - Die dokter het gevra.

Die hoere het op hierdie versoek skaars asemhaal. Die professionele het hulle gemaak om 'n deel van hul klere af te neem en in verskillende dele te voel wat kouekoors en koue sweet veroorsaak het. Om te besef dat daar niks ernstigs met hulle was nie, het die bediende geskerts:

- Dit lyk alles perfek! Wat wil jy hê hulle moet bang wees? 'N Inspuiting in die esel?

- Ek is mal daaroor! As dit 'n groot en dik inspuiting is, selfs beter! - Sê Belinha.

- Sal jy stadig aansoek doen, liefde? - Het Amelinha gesê.

- Jy vra al te veel! - kennis geneem van die klinikus.

Om die deur versigtig te maak, val hy op die meisies soos 'n wilde dier. Eerstens neem hy die res van die klere van die liggame af. Dit skerp sy libido nog meer. Deur heeltemal naak te wees, bewonder hy vir 'n oomblik die beeldhou kundige wesens. Dan is dit sy beurt om af te wys. Hy maak seker dat hulle hul klere afneem. Dit verhoog die wisselwerking en intimiteit tussen die groep.

Met alles wat gereed is, begin hulle die voorlopers van seks. Die gebruik van die tong in sensitiewe dele soos die anus, die esel en die oor, veroorsaak die blonde mini-plesier orgasmes in beide vroue. Alles het goed gegaan, selfs wanneer iemand aan die deur geklop het. Geen

| 13 |

uitweg, hy moet antwoord nie. Hy stap 'n bietjie en maak die deur oop. Deur dit te doen, kom hy oor die Verpleegster by oproep: 'n slanke mulatto, met dun bene en baie laag.

- Dokter, ek het 'n vraag oor 'n pasiënt se medikasie: Is dit vyf of driehonderd milligram aspirien? - Vra Roberto 'n resep.

- Vyfhonderd! - Bevestigde Alex bevestig.

Op die oomblik het die verpleegster die voete van die naakte meisies gesien wat probeer het om weg te steek. Binne-in gelag.

- Grap om 'n bietjie, hul, doc? Moenie jou vriende nie eens noem nie!

- Verskoon my! Wil jy by die bende aansluit?

- Ek sal graag!

- Kom dan!

Die twee het die kamer ingekom wat die deur agter hulle gesluit het. Meer as vinnig het die Mulatto sy klere uitgetrek. Heeltemal naak, het hy sy lang, dik, aasagtige mas as 'n trofee gewys. Belinha was verheug en het hom gou mondelinge seks gegee. Alex het ook geëis dat Amelinha dieselfde met hom doen. Na mondeling het hulle anale begin. In hierdie deel het Belinha dit baie moeilik gevind om aan die verpleegster se monster haan vas te hou. Maar sodra dit die gat binnegekom het, was hulle plesier enorm. Aan die ander kant het hulle nie probleme gehad nie omdat hul penis normaal was.

Toe het hulle vaginale seks in verskillende posisies gehad. Die beweging van heen en weer in die holte het hallusinasies in hulle veroorsaak. Na hierdie stadium het die vier verenig in 'n groep seks. Dit was die beste ervaring waarin die oorblywende energieë bestee is. Vyftien minute later is hulle albei uitverkoop. Vir die susters sal seks nooit eindig nie, maar goed soos hulle die swakheid van daardie mans gerespekteer is. Om nie hul werk te versteur nie, hou hulle op om die sertifikaat van regverdiging van die werk en hul persoonlike foon te neem. Hulle het heeltemal saamgestel sonder om iemand se aandag tydens die hospitaal ooreenkoms op te wek.

By die parkeerterrein het hulle die motor binnegekom en die pad terug begin. Gelukkig soos hulle is, het hulle reeds aan hul volgende seksuele onheil gedink. Die verdraaide susters was regtig iets!

Privaat les

Dit was 'n middag soos enige ander. Nuwelinge van die werk, die verdraaide susters was besig met huishoudelike take. Nadat hulle al die take voltooi het, het hulle in die kamer bymekaargekom om 'n bietjie te Rus. Terwyl Amelinha 'n boek gelees het, het Belinha die mobiele internet gebruik om haar gunsteling webwerwe te blaai.

-Op 'n stadium skree die tweede hardop in die kamer, wat haar suster skrik.

-Wat is dit, meisie? Is jy mal? - Gevra Amelinha.

-Ek het net toegang gehad tot die webwerf van wedstryde wat 'n dankbare verrassing-ingeligte Belinha het.

-Vertel my meer!

-Registrasies van die Federale Streekshoof is oop. Kom ons doen?

-Goed oproep, my suster! Wat is die salaris?

-More as tien duisend aanvanklike dollars.

-Baie goed! My werk is beter. Ek sal egter die wedstryd maak omdat ek myself voorberei op soek na ander gebeurtenisse. Dit sal dien as 'n eksperiment.

-Jy doen baie goed! U moedig my aan. Nou, Ek weet nie waar om te begin nie. Kan jy my wenke gee?

-Bou 'n virtuele kursus, vra baie vrae op die toetsterreine, doen en herhaal vorige toetse, skryf opsommings, kyk wenke en laai goeie materiaal op die internet onder andere.

-Dankie! Ek sal al hierdie raad neem! Maar ek het iets meer nodig. Kyk, suster, aangesien ons geld het, hoe gaan dit met 'n privaat les?

-Ek het dit nie gedink nie. Dit is 'n goeie idee! Het u enige voorstelle vir 'n bevoegde persoon?

-Ek het 'n baie bekwame onderwyser hier van Arcoverde in my foon kontakte. Kyk na sy foto!

Belinha het haar suster haar selfoon gegee. Om die seun se foto te sien, was sy ekstase. Behalwe mooi, was hy slim! Dit sal 'n perfekte slagoffer wees van die paar wat by die nuttige aansluit.

-Wat wag ons? Gaan kry hom, suster! Ons moet binnekort studeer. - Amelinha het gesê.

-Jy het dit! - Belinha aanvaar.

Opstaan van die rusbank het sy die nommers van die foon op die nommer blad begin skakel. Sodra die oproep gemaak is, sal dit slegs 'n paar oomblikke neem om te beantwoord.

-Hel. Julle reg?

-Dit is alles groot, Renato.

-Stuur die bestellings uit.

-Ek het op die internet navigeer toe ek ontdek het dat aansoeke is beskikbaar vir tender deur die Federale Streekhof. Ek het my gedagtes dadelik as 'n gerespekteerde onderwyser genoem. Onthou jy die skool seisoen?

-Ek onthou daardie tyd goed. Goeie tye diegene wat nie terugkom nie!

-Dit is reg! Het u tyd om ons 'n privaat les te gee?

-Wat 'n gesprek, jong vrou! Vir jou het ek altyd tyd! Watter datum stel ons vas?

-Kan ons dit môre om 2:00 doen? Ons moet begin!

-Natuurlik doen ek! Met my hulp sê ek nederig dat die kanse om te slaag, ongelooflik verhoog.

-Ek is seker daarvan!

-Hoe goed! Jy kan my om 2:00 verwag.

-Baie dankie! Sien jou môre!

-Sien jou later!

Belinha het die telefoon opgehang en 'n glimlag vir sy metgesel gesketst. Verdaging van die antwoord het Amelinha gevra:

-Hoe het dit gegaan?

-Hy het aanvaar. Môre om 2:00 sal hy hier wees.

-Hoe goed! Senuwees maak my dood!

Net dit maak dit maklik, suster! Dit gaan goed wees.
-AMEN!
- Sal Ons berei aandete voor? Ek is al honger!
-Wel onthou.!

Die paar het van die sitkamer na die kombuis gegaan waar in 'n aangename omgewing gepraat het, gespeel, onder andere gekook is. Hulle was voorbeeldige syfers van susters verenig deur pyn en eensaamheid. Die feit dat hulle bastardo in seks was, het hulle net meer gekwalifiseer. Soos u almal weet, het die Brasiliaanse vrou warm bloed.

Kort daarna was hulle broederlik om die tafel, dink aan die lewe en sy wisselvalligheid.

Eet hierdie heerlike hoender stroganoff, onthou ek die swartman en die brandweermanne! Oomblikke wat nooit blyk te slaag nie! - Belinha het gesê!

- Vertel my daarvan! Dié ouens is lekker! Om nie die verpleegster en die dokter te noem nie! Ek het dit ook liefgehad! - Onthou Amelinha!

-Trump genoeg, my suster! Om 'n pragtige maste te hê, word enige man lekker! Mag die feministe my vergewe!

-Ons hoef nie so radikaal te wees nie ...!

Die twee lag en gaan voort om die kos op die tafel te eet. Vir 'n oomblik het niks anders saak gemaak nie. Hulle was alleen in die wêreld en dit het hulle as godinne van skoonheid en liefde gekwalifiseer. Omdat die belangrikste ding is om goed te voel en selfbeeld te hê.

Vertroue in hulself, hulle gaan voort in die familie ritueel. Aan die einde van hierdie stadium, toegang hulle op die internet, luister na musiek op die sitkamer stereo, kyk seep werkers en later, 'n pornografie. Hierdie haas laat hulle asemloos en moeg om hulle te laat rus in hul onderskeie kamers. Hulle het gretig gewag vir die volgende dag.

Dit sal nie lank wees voordat hulle in 'n diep slaap val nie. Afgesien van nagmerries, neem nag en aanbreek binne die normale omvang plaas. Sodra die aanbreek kom, staan hulle op en begin die normale roetine te volg: bad, ontbyt, werk, terugkeer huis toe, bad, middagete, middagslapie en skuif na die kamer waar hulle wag vir die geskeduleerde besoek.

Wanneer hulle by die deur hoor, staan Belinha op en gaan antwoord. Deur dit te doen, kom hy oor die glimlag der. Dit het hom goeie interne tevredenheid veroorsaak.

-Welkom terug, my vriend! Klaar om ons te leer?

-Ja, baie, baie gereed! Dankie weer vir hierdie geleentheid! - Het Renato gesê.

-Kom ons gaan in! - Sê Belinha.

Die seun het nie twee keer gedink en die versoek van die meisie aanvaar nie. Hy het Amelinha en op haar sein begroet, op die rusbank gesit. Sy eerste houding was om die swart gebreide bloes af te haal omdat dit te warm was. Hiermee het hy sy gedwergde borskas in die gimnasium verlaat, die sweet drup en sy donker vel. Al hierdie besonderhede was 'n natuurlike afrodisie vir die twee "perverse".

As gevolg van niks het gebeur nie, is 'n gesprek tussen die drie van hulle begin.

-Die berei jy 'n goeie klas, professor voor? - Gevra Amelinha.

-Ja! Kom ons begin met watter artikel? - Gevra Renato.

-Ek weet nie ... - het Amelinha gesê.

-Hoe oor ons het eers pret? Nadat jy jou hemp afgehaal het, het ek nat geword! - Bely Belinha.

-Ek het ook- Amelinha gesê.

-Jy is regtig seks maniakke! Is dit nie wat ek liefhet nie? - Het die meester gesê.

Sonder om te wag vir 'n antwoord, het hy sy blou jeans afgetrek wat die spiere van sy bobeen toon, sy sonbrille wat sy blou oë toon en uiteindelik sy onderklere 'n perfeksie van lang penis, medium dikte en driehoekige kop. Dit was genoeg vir die klein hoere om op die top te val en begin om daardie manlike, joviale liggaam te geniet. Met sy hulp het hulle hul klere af geneem en die voorlopers van seks begin.

Kortom, dit was 'n wonderlike seksuele ontmoeting waar hulle baie nuwe dinge ervaar het. Dit was amper veertig minute van wilde seks in volledige harmonie. In hierdie oomblikke was die emosie so groot dat hulle nie eers die tyd en ruimte opgemerk het nie. Daarom was hulle oneindig deur God se liefde.

Toe hulle Ekstase bereik het, het hulle 'n bietjie op die rusbank gerus. Hulle het die dissiplines wat deur die kompetisie aangekla is, bestudeer. As studente was die twee behulpsaam, intelligent en gedissiplineer, wat deur die onderwyser opgemerk is. Ek is seker hulle was op pad na goedkeuring.

Drie uur later het hulle opgehou om nuwe studie vergaderings te belowe. Gelukkig in die lewe het die verdraaide susters gegaan om hul ander pligte te versorg wat reeds aan hul volgende avonture dink. Hulle was bekend in die stad as "die onversadigbare".

Kompetisie toets

Dit is 'n rukkie. Vir ongeveer twee maande het die verdraaide susters hulself aan die wedstryd toegewy volgens die beskikbare tyd. Elke dag wat verbygegaan het, was hulle meer voorbereid vir alles wat gekom het en gegaan het. Terselfdertyd was daar seksuele ontmoetings en in hierdie oomblikke is hulle bevry.

Die toets dag het uiteindelik aangekom. Verlaat vroeg in die hoofstad van die binneland, die twee susters het die BR 232 snelweg van 'n totale roete van 250 km begin loop. Op die pad het hulle verby die hoofpunte van die binneland van die staat: Pesqueira, Belo Jardim, São Caetano, Caruaru, Gravatá, Bezerros en vitória de Santo Antão. Elk van hierdie stede het 'n storie gehad om te vertel en van hul ervaring het hulle dit heeltemal geabsorbeer. Hoe goed was dit om die berge, die Atlantiese Bos, die plase, dorpe, klein dorpies te sien en om die skoon lug uit die woude te gaan, te gaan. Pernambuco was 'n baie wonderlike staat!

Deur die stedelike omtrek van die hoofstad te betree, vier hulle die goeie besef van die reis. Neem die hoof laan na die buurt goeie reis waar hulle die toets sal verrig. Op die pad staan hulle in die gesig gestaar, onverskillige verkeer, onverskilligheid van vreemdelinge, besoedelde lug en gebrek aan leiding. Maar hulle het dit uiteindelik gemaak. Hulle betree die onderskeie gebou, identifiseer hulself en begin die toets wat twee tydperke sal duur. Gedurende die eerste gedeelte van die toets is hulle heeltemal gefokus op die uitdaging van veelkeusevrae. Goed uitgebrei deur die bank verantwoordelik vir die geleentheid, het die mees uiteenlopende uiteensetting van die twee gevra. In hulle siening het hulle goed gevaar. Toe hulle die breek geneem het, het hulle uitgegaan vir middagete en 'n sap by 'n restaurant voor die gebou. Hierdie oomblikke was belangrik vir hulle om hul vertroue, verhouding en vriendskap te handhaaf.

Daarna het hulle teruggegaan na die toetsterrein. Toe begin die tweede periode van die geleentheid met kwessies wat met ander dissiplines handel. Selfs sonder om dieselfde tempo te hou, was hulle nog steeds baie in hul antwoorde. Hulle het so bewys dat die beste manier om wedstryde te slaag, is om baie te lewer om te studeer. 'N Rukkie later het hulle hul selfversekerde deelname geëindig. Hulle het die getuienis oorhandig, na die motor teruggekeer, na die strand in die omgewing gegaan.

Onderweg het hulle gespeel, die geluid aangeskakel, kommentaar gelewer op die wedloop en gevorderd in die strate van Recife wat die verligte strate van die hoofstad gekyk het omdat dit amper nag was. Hulle verwonder hulle by die skouspel. Geen wonder dat die stad bekend staan as die "hoofstad van die trope" nie. Die son het die omgewing 'n selfs meer wonderlike voorkoms gegee. Hoe lekker om daar op daardie oomblik te wees!

Toe hulle die nuwe punt bereik het, het hulle die oewers van die see genader en dan in sy koue en kalm waters geloods. Die gevoel wat veroorsaak word, is ekstase van vreugde, tevredenheid, tevredenheid en vrede. Die tyd verloor, hulle swem totdat hulle moeg is. Daarna lê hulle op die strand in Sterlig sonder enige vrees of bekommernis. Magie het hulle briljant vasgehou. Een woord wat in hierdie geval gebruik moet word, was "onmeetbaar".

Op 'n stadium, met die strand byna verlate, is daar 'n benadering van twee mans van die meisies. Hulle probeer om op te staan en in die gesig van gevaar te hardloop. Maar hulle word gestop deur die sterk arms van die seuns.

- Neem dit maklik, meisies! Ons gaan jou nie seermaak nie! Ons vra net vir 'n bietjie aandag en liefde! - Een van hulle het gepraat.

Gekonfronteer met die sagte toon, Die meisies het met emosie gelag. As hulle seks wou hê, hoekom voldoen hulle nie? Hulle was meesters in hierdie kuns. Reageer op hul verwagtinge, het hulle opgestaan en gehelp om hulle van hul klere af te haal. Hulle het twee kondome gelewer en 'n seks dans gemaak. Dit was genoeg om die twee mans mal te bestuur.

Om op die grond te val, het hulle mekaar in pare liefgehad en hul bewegings het die vloer geskud. Hulle het hulself al die seksuele variasies en begeertes van albei toegelaat. Op hierdie punt van aflewering het hulle nie omgee vir enigiets of enigiemand nie. Vir hulle was hulle alleen in die heelal in 'n groot ritueel van liefde sonder vooroordeel. In seks was hulle ten volle verweef om 'n krag wat nog nooit voorheen gesien is, te lewer nie. Soos instrumente was hulle deel van 'n groter krag in die voortsetting van die lewe.

Net uitputting dwing hulle om te stop. Ten volle tevrede, die mans stop en loop weg. Die meisies besluit om terug te gaan na die motor. Hulle begin hul reis terug na hul koshuis. Heeltemal goed, het hulle hul ervarings met hulle geneem en goeie nuus oor die wedstryd verwag wat hulle deelgeneem het. Hulle het beslis die beste geluk in die wêreld verdien.

Drie uur later het hulle in vrede huis toe gekom. Hulle dank God vir die seëninge wat toegeken word deur te gaan slaap. Op die ander dag het ek gewag vir meer emosies vir die twee maniakke.

Die terugkeer van die onderwyser

Dagbreek. Die son styg vroeg met sy strale wat deur die krake van die venster gaan om die gesigte van ons liewe kindertjies te versier. Daarbenewens, Die fyn oggend bries het gehelp om bui in hulle te skep. Hoe lekker dit was om die geleentheid te bied van 'n ander dag met Vader se seën. Stadig staan die twee op hul onderskeie beddens op byna dieselfde tyd op. Na die bad vind hul ontmoeting plaas in die blik waar hulle bymekaarmaak. Dit is 'n oomblik van vreugde, afwagting en afleiding wat ervarings in ongelooflike fantastiese tye deel.

Na ontbyt is hulle gereed om die tafel gemaklik op houtstoele met 'n rugleuning vir die kolom te sit. Terwyl hulle eet, ruil hulle intieme ervarings uit.

Belinha

My suster, wat was dit?

AMELINHA

Suiwer emosie! Ek onthou nog steeds elke detail van die liggame van die liewe kretin!

Belinha

Ek ook! Ek het 'n groot plesier gevoel. Dit was amper sintuiglik.

AMELINHA

Ek weet! Kom ons doen hierdie mal dinge meer dikwels!

Belinha

Ek stem saam!

AMELINHA

Het jy die toets gehou?

Belinha

Ek was mal daaroor. Ek is dood om my prestasie te kontroleer!

AMELINHA

Ek ook!

Sodra hulle klaar is met voeding, het die meisies hul selfone opgetel deur toegang tot die mobiele internet te verkry. Hulle het na die organisasie se bladsy opgevolg om die terugvoer van die bewys na te gaan. Hulle het dit op papier neergeskryf en na die kamer gegaan om die antwoorde na te gaan.

Binne het hulle vir vreugde gespring toe hulle die goeie noot gesien het. Hulle het geslaag! Die emosie wat gevoel het, kon nie nou vervat word nie. Na die viering van baie, Hy het die beste idee: Nooi Meester Renato uit sodat hulle die sukses van die missie kan vier. Belinha is weer in beheer van die missie. Sy tel haar foon en oproepe op.

Belinha

Hallo?
Renato
Hallo, is jy ok.? Hoe gaan dit met jou, lieflike belle?
Belinha
Baie goed! Raai wat net gebeur het.
Renato
Moenie vir my jou vertel nie.
Belinha
Ja! Ons het die wedstryd geslaag!
Renato
My geluk! Het ek jou nie vertel nie?
Belinha
Ek wil u baie dankie vir u samewerking in alle opsigte. Jy verstaan my, doen jy nie?
Renato
Ek verstaan. Ons moet iets opstel. Verkieslik by jou huis.
Belinha
Dit is presies waarom ek geroep het. Kan ons dit vandag doen?
Renato
Ja! Ek kan dit vanaand doen.
Belinha
Wonder. Ons verwag dat u dan agt uur in die nag om agt uur sal wees.
Renato
Goed. Kan ek my broer bring?
Belinha
Natuurlik!
Renato
Sien jou later!
Belinha
Sien jou later!

Die verbinding eindig. Kyk na haar suster, Belinha laat 'n lag van geluk uit. Nuuskierig, vra die ander:

AMELINHA
So wat? Ek kom?
Belinha
Dit is als reg! Om agt uur vanaand sal ons herenig word. Hy en sy broer kom! Het jy aan seksuele orgie gedink?
AMELINHA
Vertel my daarvan! Ek klop al met emosie!
Belinha
Laat daar hart wees! Ek hoop dit werk uit!
AMELINHA
Dit is alles uitgewerk!

Die twee lag gelyktydig die omgewing met positiewe vibrasies invul. Op daardie oomblik, Ek het geen twyfel dat die lot saamgesmee het vir 'n nag van pret vir daardie maniak duo nie. Hulle het reeds soveel stadiums behaal saam dat hulle nie nou sal verswak nie. Hulle moet dus voortgaan om mans as 'n seksuele toneelstuk te verdelg en dan weg te gooi. Dit was die minste ras wat kan doen om te betaal vir hul lyding. Trouens, geen vrou verdien om te ly nie. Of eerder verdien byna elke vrou geen pyn nie.

Tyd om te werk. Die kamer wat reeds gereed is, gaan die twee susters na die motorhuis waar hulle in hul private motor vertrek. Amelinha neem eers Belinha skool toe en vertrek dan vir die plaas kantoor. Daar is sy vreugde en vertel die professionele nuus. Vir die goedkeuring van die kompetisie ontvang hy die gelukwense van almal. Dieselfde ding gebeur met Belinha.

Later keer hulle terug en ontmoet weer. Begin dan die voorbereiding om jou kollegas te ontvang. Die dag het belowe om nog meer spesiaal te wees.

Presies op die geskeduleerde tyd hoor hulle aan die deur klop. Belinha, die slimste van hulle, staan op en antwoorde. Met ferm en veilige stappe sit hy homself in die deur en maak dit stadig oop. Na voltooiing van hierdie operasie visualiseer hy die broers se broers. Met 'n sein van die gasvrou betree hulle en vestig op die bank in die sitkamer.

Renato

Dit is my broer. Sy naam is Ricardo.
Belinha
Leuk om jou te ontmoet, Ricardo.
AMELINHA
U is hier welkom!
Ricardo
Ek dank u albei. Dis 'n groot plesier!
Renato
Ek is gereed! Kan ons net na die kamer toe gaan?
Belinha
Kom op!
AMELINHA
Wie kry wie nou?
Renato
Ek kies Belinha self.
Belinha
Dankie, Renato, dankie! Ons is saam!
Ricardo
Ek sal bly wees om by AMELINHA te bly!
AMELINHA
Jy gaan bewe!
Ricardo
Ons sal sien!
Belinha
Laat die partytjie dan begin!

Die mans het die vroue op die arm liggies geplaas wat hulle in die beddens in die slaapkamer van een van hulle het. Op die plek kom hulle van hul klere af en val in die pragtige meubels wat die ritueel van liefde begin in verskeie posisies, uitruil van versierings en aandadigheid. Die opwinding en plesier was so groot dat die kreun wat geproduseer word, oor die straat se skandaal gehoor kan word. Ek bedoel, nie soseer nie, want hulle het reeds van hul roem geweet.

Met die gevolgtrekking van die bokant kom die liefhebbers terug na die kombuis waar hulle sap met koekies drink. Terwyl hulle eet, praat hulle twee uur lank, wat die groep se interaksie verhoog. Hoe goed was dit om daar te wees om te leer oor die lewe en hoe om gelukkig te wees. Tevredenheid is goed met jouself en met die wêreld bevestig sy ervarings en waardes voordat ander die sekerheid dra om nie deur ander te beoordeel nie. Daarom was die maksimum wat hulle geglo het "elkeen is sy eie persoon".

Teen die nag het hulle uiteindelik totsiens gesê. Die besoekers verlaat die "liewe Pireneë" selfs meer eufories wanneer jy aan nuwe situasies dink. Die Wêreld het net aangehou om na die twee vertrouelinge te draai. Mag hulle gelukkig wees!

Einde

www.ingramcontent.com/pod-product-compliance
Lightning Source LLC
LaVergne TN
LVHW010422070526
838199LV00064B/5384